ALEX WILLMORE

TRUDI TRICERATOPS

SPIONIN AUF HEISSER SPUR

Aus dem Englischen
von Katja Maatsch

SCHNEIDERBUCH

Du willst also Spion werden?
Ein supergeheimer Geheimagent,
der selbst die schwierigsten Rätsel löst?

Na, dann mach es dir gemütlich und hör gut zu,
denn ich bin die beste Spionin der Welt ...

einen treu ergebenen und gut ausgebildeten Gefährten ...

und die modernste Spezialausrüstung?

TA-DA!

Und, kann ich dir vertrauen? *Ganz und gar?*
Dann zeige ich dir jetzt etwas
STRENG GEHEIMES ...

MEINEN AGENTEN-FLITZER!

Toll, oder?

Als angehender Spion fragst du dich vielleicht, WER da so verdächtig herumschleicht?

OPA!

Ich hab ihn lieb ...

...

aber er führt *eindeutig* etwas im Schilde.
Eine wahre Spionin traut niemandem!

Auf zum Agenten-Flitzer!

Hmm.

Auf zum Agenten-Rad!

Du musst nämlich wissen ...

**Ein Spion zu sein
ist gar nicht so leicht.**

Du musst SCHNELL sein ...

FURCHTLOS ...

... und du musst dich ganz unauffällig verhalten können.

Hör gut zu!
Ein Spion muss seine
Worte immer mit
Bedacht wählen ...

Also schön, Opa,
was ist in der Kiste?

Was ist in der Kiste?

Was ist in der Kiste?

Was ist in der Kiste?

WAS IST IN DER KISTE???

Oh. Ähm. Nichts, Engelchen.
Nur lauter Opa-Zeugs.
Geh spielen, Süße.

Hmpf. Opa verrät nichts.
Da müssen wir uns wohl etwas
anderes einfallen lassen ...

Zum Agenten-Schrank!

Agenten-Handschuhe. Angezogen.

Agenten-Schutzbrille. Aufgesetzt.

Agenten-Seil. Festgezurrt.

Eine Spionin muss raffiniert vorgehen ...

Nichts.

Wie.

Los.

UPS!

Zum Glück weiß eine gute Spionin
mit Rückschlägen umzugehen.
Also gut, schauen wir uns doch mal
in Opas geheimem Lager um ...

Werkzeuge? Pläne?

Hmm.

OPA!

Was machst du da?

SAG. SCHON.

Opa hat zu tun, Süße.
Geh woanders spielen.

Zu tun, wie? Was versteckt Opa da?
Zurück ins Geheimversteck.
Die Mission wird immer spannender ...

Eine Weltuntergangsmaschine?

KLIRR! KLACK! KLONK!

Einen Gedanken-Verwirbler?

UUAHAHAHAHAHA!

Einen Weltraumlaser?
Ja! Das muss es sein!

Will Opa etwa die ganze Welt zerstören???

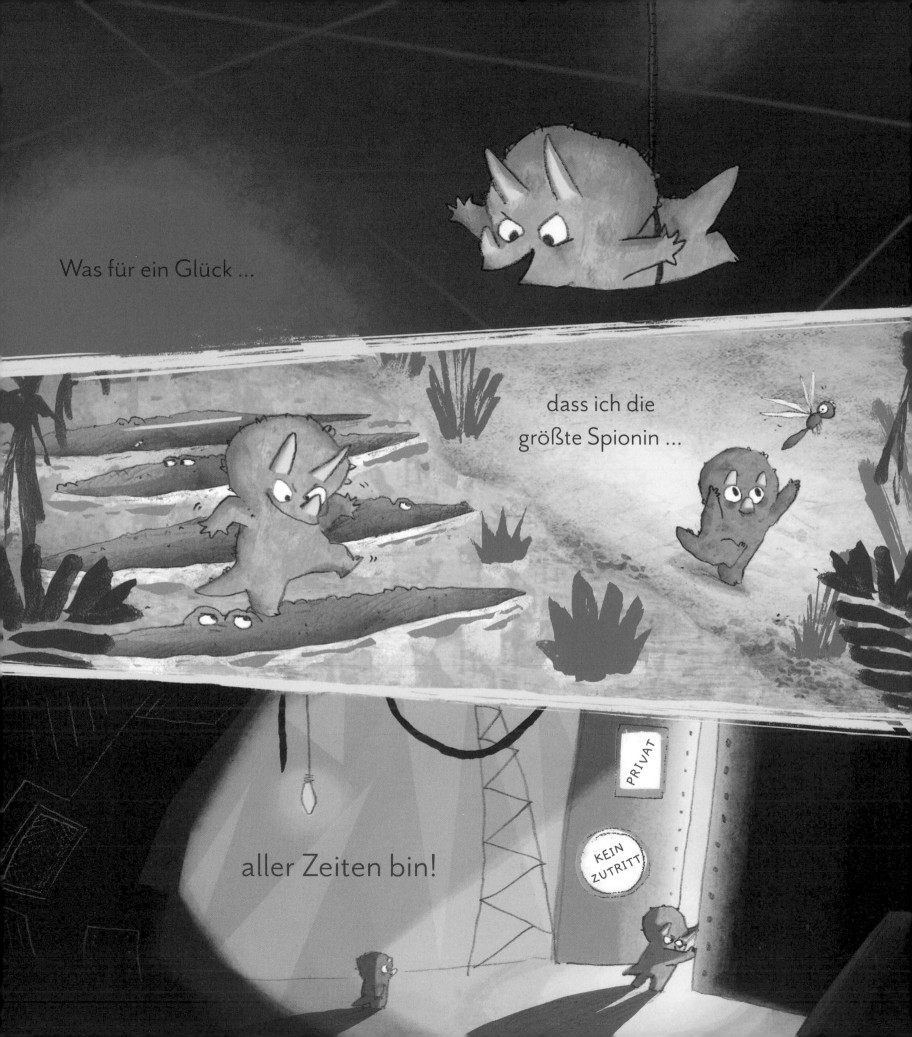

WOW!

MEIN AGENTEN-FLITZER!

Oh, Opa, du hast meinen Agenten-Flitzer repariert!

VIELEN DANK!

SPIONIN

Eins habe ich wohl vergessen, dir zu sagen: Selbst
DIE GRÖSSTE SPIONIN ALLER ZEITEN
kann sich mal irren.

Mein Opa ist toll!
Mein Opa ist genial!
Aber vor allem ist mein Opa einfach ...

Opa.

Für Dara und Walter

1. Auflage 2024
Deutsche Erstausgabe
© 2024 Schneiderbuch in der
Verlagsgruppe HarperCollins Deutschland GmbH, Hamburg
Alle Rechte für die deutschsprachige Ausgabe vorbehalten

Text und Illustrationen © Alex Willmore 2023
Originaltitel: „Spyceratops"
Erschienen bei Farshore. An imprint of HarperCollinsPublishers
1 London Bridge Street, London SE1 9GF

Übersetzung aus dem Englischen: Katja Maatsch
Umschlagadaption: Frauke Schneider
Umschlagabbildungen: © Alex Willmore
Druck und Bindung: Papercraft
Printed in Malaysia
ISBN: 978-3-505-15201-6

www.schneiderbuch.de
Facebook: facebook.de/schneiderbuch
Instagram: @schneiderbuchverlag